LA PIEDRA Y EL METAL

Cuentos, mitos y leyendas de América Latina

ILUSTRACIONES DE
Luis Garay

Coedición *Latinoamericana*

GROUNDWOOD BOOKS

Ilustraciones © 1996 Luis Garay

Textos © 2000 para esta antología:

Editores responsables: Groundwood Books/Douglas McIntyre Ltd., Toronto

Ediciones Ekaré, Caracas

CIDCLI, México

Coordinación del proyecto Coedición Latinoamericana: (CERLALC)

Con la asistencia del programa "Partnership Support Fund" of the Canadian International Development Agency and the Association for the Export of Canadian Books

Ilustraciones en plumilla, tinta y aguacolores publicadas por primera vez en: *Jade and Iron: Latin American Tales from Two Cultures*. Reproducidas bajo acuerdo con Groundwood Books.

Diseño gráfico: Michael Solomon

Impreso en China por Everbest Printing Co. Ltd.

ISBN 980-257-228-4

HECHO EL DEPOSITO DE LEY

Depósito Legal If 15119988002128

ÍNDICE

PRESENTACIÓN

LA PIEDRA y el metal es una selección de catorce cuentos que reflejan dos momentos de la historia de América Latina. Piedra, por el jade, la obsidiana, el lapislázuli y todas las hermosas piedras apreciadas por los habitantes originales de nuestro continente; y metal por el hierro que trajeron los conquistadores españoles y portugueses en sus instrumentos y armas y que luego pasó a formar parte integral de la cultura mestiza americana. Las leyendas y mitos indígenas de la primera parte de este libro hablan de cómo el mundo y las cosas naturales -comida, fuego, montañas- se formaron. Las historias de la tradición "criolla" en la segunda parte, cuentan de hechiceras y hechizos de amor, animales mágicos y pícaros, combinando historias de la tradición oral española y europea con elementos y personajes originarios de América.

Los cuentos seleccionados en este libro aparecieron primero en varios volúmenes de la Coedición Latinoamericana, un proyecto auspiciado por UNESCO/CERLALC, que comenzó en 1979. El objetivo fue no sólo dar a conocer la tradición oral de los paises latinoamericanos sino también, e igualmente importante, reunir a un grupo de editores de estos paises para que en conjunto crearan una serie de antologías que reflejaran las diversas culturas del continente.

Editores de Argentina, Brasil, Bolivia, Chile, Colombia, Costa Rica, Cuba, Ecuador, Guatemala, México, Nicaragua, Puerto Rico, República Dominicana, Perú y Venezuela han participado en este original proyecto de colaboración editorial en una misma área lingüística. Desde entónces se han reunido regularmente, han compartido sus muy disímiles experiencias de trabajo, y han producido y distribuido los volúmenes de la serie. La Coedición Latinoamericana es un proyecto que aún sigue en pié y que continúa nutriéndose de la riqueza cultural de nuestra América, desde México hasta la Tierra del Fuego.

Carmen Diana Dearden

PARTE I

LA LEYENDA DE LA MANDIOCA

Versión de Joel Ruffino dos Santos

Una antigua leyenda del sur de Brasil

HABÍA una vez una india llamada Atioló. Cuando el suelo se cubrió las frutas de *murici*, Atioló se casó con Zatiamaré.

Las frutas desaparecieron, y las aguas del río subieron pudriendo el suelo. Después, el sol quemó la tierra y un vientecillo húmedo bajó de lo alto de la sierra. Cuando los *murici* comenzaron a caer otra vez en una lluvia amarilla, Atioló se sintió contenta. Estaba embarazada y quería una niña.

Zatiamaré, por el contrario, vivía rezongando:

—Quiero un hijo. Para que crezca igual que su padre. Para que fleche *capibaras* igual que su padre. Para que se pinte la cara de *urucu,* igual que su padre.

Pero nació una niña. Zatiamaré estaba tan furioso que pasó muchas lunas sin mirar su cara. Ni siquiera le puso un nombre. La madre la llamó Mani.

El único regalo que Zatiamaré hizo a la niña fue una iguana de rabo amarillo. Pero no conversaba con ella, no. Si Mani preguntaba algo, él respondía con un silbido.

—¿Por qué no hablas con tu hija? –preguntaba muy triste Atioló.

—Porque yo no pedí esta hija –respondía él–. Para mí es como si fuese de viento.

Hasta que Atioló quedó embarazada otra vez.

—Si esta vez no es un varón igual a su padre –juraba Zatiamaré –, la abandonaré en la copa de un árbol. Y ni con silbidos voy a hablar con ella.

Pero nació un niño: Tarumá.

Con él conversaba el padre. Lo cargaba en su espalda para cruzar el río, lo sentaba en sus rodillas para contarle historias.

Mani pidió entonces a su madre que la enterrara viva. Así, su padre estaría contento. Y tal vez, ella serviría para algo. Atioló lloró muchos días por el deseo de su hija. Pero tanto le rogó Mani, que al fin la complació.

Atioló hizo un hueco en lo alto del cerro y enterró a su hija.

—Si necesito algo –dijo Mani– tú lo sabrás.

Atioló regresó a casa. Esa noche soñó que su hija sentía mucho calor. Temprano en la mañana fue al cerro y la desenterró.

—¿Dónde quieres quedar ahora? –preguntó.

—Donde haya más agua –pidió Mani–. Llévame a la orilla del río. Si no estoy bien, tú lo sabrás.

Esa noche, Atioló no soñó nada. Pensó que su hija estaba contenta en el nuevo lugar. Por la tarde, sin embargo, cuando se bañaba en el río, recibió un mensaje. Flotando en el agua llegó la voz de Mani.

—Sácame de la orilla del río. El frío no me deja dormir.

Atioló obedeció. Llevó a su hija lejos, en medio del monte.

—Cuando pienses en mí –dijo la niña– y ya no recuerdes mi rostro, es la hora de venir a visitarme. Entonces, ven.

Pasó mucho tiempo. Bastante y bastante. Un día Atioló sintió nostalgia de su hija, pero no recordó su rostro. Entonces, fue al monte y en lugar de Mani, encontró una planta alta y muy verde.

—Una planta tan alta no puede ser mi hija –murmuró.

En ese mismo instante la planta se dividió. Una parte se fue arrastrando, arrastrando y se transformó en raíz. Atioló pensó que podía llevar esa raíz a casa.

Era la *mandioca*.

CUANDO LAS MONTAÑAS SE HICIERON DIOSES

Versión de Alfredo Sierra Díaz

Una leyenda azteca del México antiguo

LAS HUESTES del Imperio Azteca regresaban de la guerra, pero no se escuchaban ni los *teponaxtles*, ni las *caracolas*, ni el *huéhuetl* hacía resonar sus percusiones en las calles y en los templos; tampoco las *chirimías* esparcían su aflautado tono en el vasto valle del *Anáhuac*. Y sobre el verdeazul espejeante de las aguas de los cinco lagos: Chalco, Xochimilco, Texcoco, Ecatépec y Tzompanco, se reflejaba un ejército en derrota. El caballero Águila, el caballero Tigre y el que se decía capitán Coyote traían sus escudos rotos, los penachos destrozados y las ropas agitándose al viento en jirones ensangrentados.

Allá en los templos y en las fortalezas de paso los braseros estaban apagados y en los enormes pebeteros de barro con la temible figura de Tezcatlipoca, el dios cojo de la guerra, ya no ardía el tlecáxitl, como se llamaba al sahumerio ceremonial. Los estandartes estaban caídos y el Consejo de los Yopica, que eran los viejos y sabios maestros del arte de la estrategia, esperaban ansiosos la llegada de los guerreros para oír de sus propios labios la explicación de tan vergonzosa derrota.

Hacía mucho tiempo que un poderoso y bien armado contingente de guerreros aztecas había salido en son de conquista a las tierras del sur, allá en donde moraban los olmecas, los xicalancas, los zapotecas y los uixtotis, a quienes era preciso unir al ya enorme señorío del *Anáhuac*. Tres ciclos lunares habían transcurrido esperando un exitoso asentamiento de conquista y, sin embargo, ahora regresaban los guerreros abatidos y llenos de vergüenza.

Durante tres lunas habían luchado con valor, sin dar ni pedir tregua alguna, pero a pesar de su valiente lucha y sus conocimientos de la guerra aprendidos en el Calmécac, la Academia de la Guerra, volvían diezmados, con las mazas y *macanas* desdentadas y los escudos ensangrentados de tanto dar muerte a muchos enemigos.

Venía al frente de esta hueste triste y desencantada un guerrero azteca, llamado Tláloc, como el benéfico dios de la lluvia, que a pesar de las desgarraduras de sus ropas y del maltrecho penacho de plumas multicolores, conservaba su gallardía, su altivez y el orgullo de su estirpe.

Los hombres ocultaban sus facciones desfiguradas y las mujeres lloraban y corrían a esconder a los niños para que no fueran testigos de aquel retorno deshonroso. Sólo una mujer no lloraba; atónita, miraba con asombro al valiente Tláloc, el azteca, que con su rostro altivo y su expresión serena quería demostrar que había luchado y perdido en buena *lid* contra un abrumador número de enemigos.

La mujer palideció y su rostro se tornó blanco como el lirio de los lagos al percibir la mirada que el guerrero clavó en ella con sus ojos vivaces y oscuros. Y Xochiquétzal, que así se llamaba la joven y que quiere decir "flor de gran hermosura", "flor bella", sintió que se marchitaba de improviso, porque aquel guerrero azteca era su amado y le había jurado amor eterno.

Se revolvió furiosa Xochiquétzal a mirar con odio al tlaxcalteca que la había hecho su esposa una semana antes, jurándole y llenándola de engaños, diciéndole que Tláloc, su dulce amado, había caído muerto en la guerra contra los zapotecas.

—¡Me has mentido, hombre vil y más ponzoñoso que el mismo zompetlácatl, que así se llama el escorpión, me has engañado para poder casarte

conmigo! Pero yo no te amo porque siempre lo he amado a él y lo amaré ahora que ha regresado. Xochiquétzal lanzó mil insultos contra el astuto tlaxcalteca y levantando la *orla* de su *huipilli* echó a correr por la llanura, gimiendo su intensa desventura de amor. Su figura se reflejaba en la brillante superficie de las aguas del gran lago de Texcoco, cuando el guerrero azteca se volvió para verla. Y la vio correr seguida del marido y pudo comprobar que ella huía despavorida. Entonces apretó con furia el puño de la macana y separándose de las filas de guerreros humillados se lanzó en seguimiento de los dos.

Pocos pasos separaban ya a la hermosa Xochiquétzal del marido despreciable cuando les dio alcance Tláloc. No hubo ningún intercambio de palabras porque toda palabra y razón sobraban allí. El tlaxcalteca extrajo la lanza que ocultaba bajo la *tilma* y el azteca esgrimió su macana dentada, incrustada de dientes de jaguar y de coyámetl, que así se llamaba al jabalí.

Chocaron el amor y la mentira.

La lanza con erizada punta de *pedernal* buscaba las carnes del guerrero y el azteca mandaba furiosos golpes de macana, buscando el cráneo de quien le había robado a su amada haciendo uso de arteras engañifas.

Y así se fueron yendo, alejándose del valle, cruzando, en la más ruda pelea, entre las lagunas donde saltaban los *ajolotes* y las xochócatl, que son las ra-nitas verdes de las orillas.

Mucho tiempo duró aquel combate, el tlaxcalteca defendiendo a su mujer y su mentira, y el azteca el amor de la joven a quien amaba y por quien tuvo el arrojo de regresar vivo al *Anáhuac*.

Al fin, ya casi al atardecer, Tláloc pudo herir gravemente al tlaxcalteca, quien huyó a su país, hacia su tierra, tal vez en busca de ayuda para vengarse del azteca. El vencedor, animado por el amor y la verdad, regresó buscando a su amada Xochiquétzal.

Y la encontró tendida para siempre, muerta, a la mitad del valle, porque una mujer que había amado como ella no podía vivir soportando la pena y la vergüenza de haber sido de otro hombre, cuando en realidad amaba al dueño de su ser.

Tláloc se arrodilló a su lado y lloró con los ojos y con el alma. Y cortó *maravillas* y flores de xoxocotzin con las cuales cubrió el cuerpo inanimado de la hermosa Xochiquétzal. Coronó sus sienes con las fragantes flores yoloxóchitl, que es la flor del corazón, y trajo un incensario en donde quemó *copal*, mientras cruzaba el cielo Tlahuelpoch, que es el mensajero de la muerte.

Y cuenta la leyenda que en un momento dado se estremeció la tierra y el relámpago atronó el espacio y ocurrió un cataclismo del que no hablaban las tradiciones orales de los tlachisques, que son los viejos sabios y adivinos, y que tampoco los *tlacuilos* habían inscrito en sus pasmosos *códices*. Todo se estremeció, la tierra se nubló y cayeron piedras de fuego sobre los cinco lagos, el cielo se hizo tenebroso y la gente del *Anáhuac* se llenó de pavor.

Al amanecer estaban allí, donde antes era un valle, dos montañas inmensas, majestuosas: una que tenía la forma inconfundible de una mujer recostada en un túmulo de flores blancas, y la otra, alta e imponente, adoptando la figura de un hombre arrodillado junto a la *cauda* nevada de una cabellera.

Las flores de las alturas, que llaman tepexóchitl, por crecer en las montañas y entre los pinares, junto con el rocío mañanero cubrieron de blanco las faldas de la muerta y pusieron alba, blancura y nieve hermosa en sus senos y la cubrieron toda.

Desde entonces esos dos volcanes, que hoy vigilan el hermoso valle del *Anáhuac*, tuvieron por nombres Iztaccíhuatl, que quiere decir "mujer blanca", y Popocatépetl, que se traduce por "montaña que humea", ya que en ocasiones escapa humo del inmenso cráter.

En cuanto al cobarde y *falaz* tlaxcalteca, según dice también esta leyenda, fue a morir desorientado muy cerca de su tierra, también se convirtió en montaña y se cubrió de nieve y le pusieron por nombre Citlaltépetl, o "cerro de la estrella", y desde allá lejos vigila el sueño eterno de los dos amantes a quienes nunca, jamás podrá separar.

Eran los tiempos en que se adoraba al Dios Coyote y al Dios Colibrí, y en el panteón azteca las montañas eran dioses y recibían tributos de flores y de cantos, porque de sus faldas baja el agua que vivifica y fertiliza los campos del *Anáhuac*.

Durante muchos años y hasta poco antes de la Conquista, las doncellas muertas por amores desdichados eran sepultadas en las faldas del Iztaccíhuatl. Xochiquétzal, la mujer que murió de amor, yace hoy convertida en montaña nevada.

LA LEYENDA DE MAICHAK

Versión de Ediciones Ekaré

Una narración pemón de la Gran Sabana de Venezuela

HACE mucho tiempo, cuando los hombres vivían siglos y siglos, en la falda del cerro *Auyan-tepuy* existió un hombre llamado Maichak. Maichak no sabía hacer nada. No sabía cazar, ni pescar, ni tejer cestas, ni hacer *sebucanes*. Salía de pesca o de cacería sin llevar ni arco, ni flechas, ni anzuelo, ni redes. Siempre volvía con las manos vacías y sus cuñados se burlaban de él.

Un día, en que no había pescado nada, como de costumbre, se sentó muy triste a la orilla del río. Un pequeño hombre salió del agua y le dijo:

—¿Qué te pasa, Maichak? ¿Por qué no pescas nada?

—No puedo pescar porque no sé hacer nada –contestó Maichak.

—No te preocupes –dijo el hombre del río–. Te voy a dar una *taparita*.

—¿Una *taparita*? ¿Y de qué me servirá la *taparita*?

—Cuando pongas en ella agua del río, el río se secará y podrás recoger todos los peces que quieras. Pero ten mucho cuidado, llénala sólo hasta la mitad, porque si la llenas toda se derramará el agua y se inundará la tierra. Y no se la enseñes a nadie, porque la perderás.

Maichak hizo lo que le mandó el hombre del río y por fin pescó muchos peces.

Cuando regresó al pueblo, todos los hombres y mujeres, su suegra, su suegro y sus cuñados, se decían unos a otros:

—¿Cómo habrá podido ese tonto coger tantos peces?

Y así pasaron los días. Todo el mundo quería saber cómo hacía Maichak para pescar tanto. Pero Maichak no dijo nada.

Un día, cuando Maichak estaba en el *conuco*, los cuñados le registraron su bolsa y encontraron la taparita. La llevaron al río para beber y cuando tomaron agua, se asustaron mucho al ver que el río se secaba.

—¡Así es cómo pesca Maichak! –dijeron–. Ahora ya sabemos el secreto.

Volvieron a llenar la *taparita*, pero como no sabían usarla, la llenaron hasta

15

el tope. Entonces, el agua se derramó e inundó la tierra. La corriente se llevó la taparita, y un gran pez se la tragó.

Maichak se puso muy triste. Durante meses y meses buscó la taparita, pero no la encontró. Sin la taparita, no podía pescar un solo pez. Iba a cazar y pescar, pero siempre volvía con las manos vacías.

Un día, cuando estaba cazando, se encontró con un *cachicamo* que cargaba una maraca en la patica y cantaba una canción:

> *"Yo toco la maraca del báquiro salvaje*
> *Yo toco, yo toco."*

El *cachicamo* repitió la canción tres veces. Después se paró sobre las paticas de atrás, tocó la maraca otras tres veces y se metió en su cueva. Inmediatamente apareció a todo galope una manada de *báquiros*, pero como Maichak no tenía con qué cazarlos, regresó a su casa con las manos vacías.

Maichak decidió conseguir la maraca del *cachicamo* para poder cazar *báquiros*, así que volvió a la selva para quitársela. El *cachicamo* asomó la cabeza de su cueva y cantó la canción. Cuando sacó la patica de la cueva para sonar la maraca, Maichak pegó un brinco y se la quitó. Empezó a tocar, pero los *báquiros* no llegaron. El *cachicamo* salió de su cueva para ver quién le había quitado la maraca.

—¿Por qué me quitaste mi maraca? –preguntó.

—Porque la necesitaba –contestó Maichak–. Quería cazar *báquiros* con ella.

—Está bien –dijo el *cachicamo*–. Ya la tienes. Pero te voy a dar un consejo. Tenías una *taparita* y la perdiste. No vayas a perder la maraca. Si tocas la maraca más de tres veces, los *báquiros* vendrán y te la quitarán.

Desde ese día, Maichak siempre regresaba a su casa con muchos *báquiros*. Sus cuñados estaban asombrados y empezaron a vigilarlo.

Un día, Maichak fue a cazar y un cuñado lo siguió para ver cómo conseguía tantos *báquiros*. El cuñado lo oyó cantar y tocar la maraca. Oculto detrás de unas matas, vio dónde escondía Maichak la maraca, y después se marchó.

Cuando Maichak regresó a su casa, el cuñado se fue a la selva, recogió la maraca de Maichak y entonó la canción del *báquiro*. Después tocó la maraca, no tres, sino cuatro y cinco veces.

De repente, una manada de *báquiros* y más *báquiros* rodearon al cuñado de Maichak y le quitaron la maraca.

Cuando Maichak volvió a su escondite, se dio cuenta de que había desaparecido su maraca. La había perdido igual que la *taparita*.

Pasó días y días buscándola. Una tarde, cuando ya estaba cansado de buscar, encontró a un mono araguato que se estaba peinando. A medida que el araguato se peinaba, iban apareciendo muchas aves que se posaban alrededor de él.

—Regáleme el peine, hermano —dijo Maichak.

—No puedo —contestó el araguato—. No tengo otro peine.

Pero Maichak tanto rogó y pidió que el araguato terminó por decirle:

—Bueno, pues, es tuyo. Pero no te peines más de tres veces seguidas porque las aves vendrán y te lo quitarán.

—Está bien —dijo Maichak—. Yo comprendo.

Desde ese día, Maichak siempre regresaba a su casa con muchas aves deliciosas para la comida. Y una vez más, sus cuñados empezaron a vigilarlo.

Y cuando vieron lo que Maichak hacía con el peine, esperaron a que saliera al conuco, le registraron su bolsa y lo encontraron. Entonces se fueron a flechar aves.

Pero no sabían el secreto: se peinaron tantas veces que comenzaron a llegar nubes de pavas, paujíes y toda clase de aves y les arrebataron el peine.

Cuando Maichak regresó del *conuco* y vio que su peine también había desaparecido, se puso muy triste y muy bravo con sus cuñados.

—¿Por qué siempre tienen que quitarme y perderme mis cosas? —dijo—. Pues quédense aquí. Son unos necios. Ahora me iré y no viviré más con ustedes.

Maichak se fue muy lejos y tuvo aventuras extraordinarias. Llegó hasta el mundo de arriba, más allá de las nubes. Aprendió a cazar, a pescar y a tejer *sebucanes*.

Después de muchas lunas, regresó a su pueblo. Contó a su familia sobre los sitios que había visitado y también les enseñó lo que había aprendido.

ÑUCU, EL GUSANO

Versión de Jürgen Riester

Una leyenda chimane de la selva boliviana

HACE muchísimo, muchísimo tiempo, el cielo estaba tan cerca de la tierra que de vez en cuando chocaba con ella matando a muchos hombres.

En uno de los pueblos *chimanes*, vivía una mujer pobre y solitaria. Pasaba hambre ya que no tenía a nadie quien le ayude en su *chaco* o en cualquier otro trabajo para conseguir alimento.

Un día, entre las hojas del yucal, vio algo brillante. "¿Qué será?", pensó la mujer, y se fue a su vivienda. En la noche soñó que ese algo brillante se movía como si tuviera vida. Por la mañana fue a buscarlo y lo recogió y envolvió en una hoja de yuca. Lo llamó Ñucu y considerándolo desde entonces como su hijo, lo metió en un cántaro para alimentarlo.

Ñucu parecía un gusano blanco. A la semana creció hasta llenar el cántaro. La mujer tuvo entonces que fabricar uno más grande, y ahí puso el gusano. A la semana el cántaro estaba otra vez lleno.

A pesar de su pobreza, la mujer trabajaba sólo para alimentar a Ñucu que siempre tenía hambre y comía mucho. A la tercera semana, Ñucu dijo:

—Madrecita, me voy a pescar.

A la noche fue al río, y al recostarse atravesado sobre éste, su enorme cuerpo represó las aguas y los peces comenzaron a saltar a las orillas. Al despuntar el amanecer llegó la mujer y recogió los pescados en una canasta. Desde entonces siempre tuvo alimento, cada noche iba con su hijo al río y correteaba por la playa agarrando pescados y metiéndolos en su canasta.

La gente comenzó a murmurar:

—¿Cómo es que esta vieja tiene ahora tanto pescado, si antes se moría de hambre?

Y fueron y le preguntaron:

—¿Cómo tienes ese pescado?

La mujer no les respondía.

Pasó el tiempo y la gente del lugar comenzó a pasar hambre. Ya no había peces para todos pues Ñucu los atajaba.

Entonces un día Ñucu le pidió a su madre:

—Madrecita, anda, diles que vengan aquí a pescar.

La mujer fue y les dijo:

—Allá arriba está Ñucu pescando. Vamos, él nos invita a recoger pescados para todos.

De este modo la gente conoció el secreto de la viejita. Vivieron mucho tiempo sin problemas, hasta que Ñucu creció y llegó a ser tan enorme que ya no cabía en el río. Esta vez le dijo a la mujer:

—Madrecita, ahora me voy. Les he ayudado bastante aquí en la tierra, tú ya no pasarás hambre pues la gente te sabrá ayudar. Tengo que ir a sostener el cielo más arriba para que nunca más se vuelva a caer.

La viejita se quedó muy triste pensando en la pérdida de su hijo. Ñucu se echó entonces de un extremo a otro de la tierra y se elevó sosteniendo el cielo, hasta la misma posición en que está ahora. Ante el lejano cielo azul la mujer se puso a llorar. Pero en la noche, vió a su hijo brillando allá arriba. Era la Vía Láctea, y se consoló pensando que todas las noches podría ver a su hijo.

LOS DIOSES DE LA LUZ

Versión de Alicia Morel

Un leyenda mapuche del antiguo Chile

ANTES de que los mapuches descubrieran cómo hacer el fuego, vivían en grutas de la montaña. "Casas de piedra", las llamaban. Al no tener el fuego, porque no sabían cómo encenderlo, comían sus alimentos crudos. Tampoco podían calentarse en el tiempo frío y dormían apiñados junto con sus perros salvajes, sus guanacos y sus llamas.

Cuando los dioses y demonios se enojaban, salía fuego de los volcanes, llovían piedras y se formaban ríos de lava. El más temido era el dios de los volcanes, el Cheruve, que a veces caía del cielo en forma de aerolito.

El sol y la luna eran los dioses buenos que protegían la tierra. Los mapuches los llamaban padre y madre. Cada vez que salía el sol, lo saludaban. La luna, al aparecer cada veintiocho días, dividía el tiempo en meses. La luna, flor de la noche, alumbraba la peligrosa oscuridad y ahuyentaba a los demonios.

En una de las "casas de piedra", vivía una familia: Caleu, el padre, Mallén, la madre y Licán, la hijita.

Una noche, Caleu miró al cielo donde vivían sus antepasados. Caleu sabía que cada estrella era un abuelo iluminado que cazaba avestruces entre las galaxias. Pero esa noche, Caleu vio hacia el poniente un signo nuevo, extraño: una enorme estrella con una cabellera dorada. Preocupado, Caleu no dijo nada a su mujer ni a los otros mapuches que vivían en las casas cercanas. Aquella luz celestial se parecía a la de los volcanes. ¿Traería desgracias? ¿Quemaría los bosques?

Aunque Caleu guardó silencio, no tardaron los demás en descubrirla. Se reunieron para discutir qué podía significar el hermoso y temible signo del cielo. Decidieron vigilar por turnos junto a sus grutas.

El verano llegaba a su fin. La estrella de larga cabellera dorada iluminaba todavía las noches. Al caer la primera lluvia de otoño, las mujeres subieron

21

a la montaña, muy temprano, a buscar los frutos de los bosques para tener comida en el invierno.

Mallén y su hijita Licán también treparon a la montaña. Antes de partir, Caleu les advirtió:

—Regresen antes de la caída de la noche.

Ellas lo prometieron y anunciaron llenas de alegría:

—Recogeremos piñones y avellanas. Traeremos hongos, raíces dulces y pepinos del copihue.

Las mujeres llevaban canastos tejidos con enredaderas. Iban conversando y riendo todo el camino, como una procesión de choroyes, de pequeños loros verdes. Algunas cantaban:

Luna amarilla
dame piñones
dame avellanas.
Flor de la noche,
luna de oro
miel de abejorro.

Allá arriba, las gigantescas araucarias dejaban caer lluvias de piñones. Los avellanos lucían sus pequeñas frutas redondas, rojas unas, color violeta otras, y negras las que ya habían madurado.

No supieron cómo pasaron las horas. Los canastos se llenaron de sabrosos hongos, piñones y avellanas. El sol empezó a bajar y cuando se dieron cuenta, estaba por ocultarse.

Asustadas, las mujeres se echaron los canastos a la espalda y tomaron a sus niños de la mano.

—¡Bajemos! ¡Bajemos! —gritaban.

—No tendremos tiempo. Nos sorprenderá la noche y en la oscuridad nos perderemos para siempre —advirtió Mallén.

—¿Qué haremos, entonces? —preguntó la abuela Llalla que temía a los malos espíritus.

—Yo sé dónde hay una gruta por aquí cerca. No tengas miedo, Llalla —la tranquilizó Mallén.

—Es la gruta sagrada —dijo la abuela—. No debemos entrar allí.

—Los dioses buenos nos protegerán en su santuario –afirmó Mallén.

Guió a las mujeres por un sendero rocoso. Al llegar a la gruta, ya era de noche. Vieron en el cielo la gran estrella con su cola dorada. La abuela Llalla dijo:

—Esa estrella nos trae un mensaje de nuestros antepasados que viven en la bóveda del cielo.

Licán se aferró a las faldas de su madre y lo mismo hicieron los demás niños.

—Vamos, entremos a la gruta. Dormiremos bien juntas para que se nos pase el miedo –dijo Mallén.

—Eso es lo mejor –murmuró la abuela que recordaba viejas historias de volcanes que reventaban haciendo nacer montañas e incendiando los bosques.

No bien entraron, un profundo ruido subterráneo las hizo abrazarse invocando al sol y la luna, sus espíritus protectores. Al ruido siguió un temblor que hizo caer cascajos del techo de la gruta. El grupo se arrinconó, aterrorizado. Cuando pasó el terremoto, la montaña siguió estremeciéndose como el cuerpo de un animal nervioso.

Las mujeres palparon a sus niños. No, nadie se había hecho daño. Respiraron un poco y miraron hacia la boca de la gruta: delante de ella cayó una lluvia de piedras que al chocar lanzaban chispas.

—¡Miren! ¡Piedras de luz! –gritó Llalla. Es la señal de nuestros antepasados.

Como luciérnagas de un instante, las piedras rodaron cerro abajo y con sus chispas encendieron un enorme *coihue* seco que yacía al fondo de la quebrada. El fuego iluminó la noche y las mujeres se tranquilizaron.

—La estrella mandó el fuego para que no tengamos miedo –rió la abuela.

Los niños y las mujeres rieron también, aplaudiendo el fuego. Se sentaron en la boca de la gruta y contemplaron las llamas como si el mismo padre sol hubiera venido a acompañarlos. Oían crepitar los leños secos, una música desconocida.

Al rato, llegaron los hombres. Venían a buscar a sus hijos y mujeres.

Caleu se acercó al incendio y tomó una rama ardiente: los otros lo imitaron y una procesión de luces bajó de los cerros hasta sus casas.

Al otro día, oyendo el relato de las piedras de luz, los mapuches subieron a recogerlas. Las hicieron chocar y saltaron chispas. Las frotaron junto a palos secos y lograron encender pequeñas fogatas.

¡Habían descubierto el *pedernal*! ¡Siempre tendrían fuego!

Los mapuches nunca olvidaron la noche de las piedras de luz en que se hicieron dueños del fuego. Desde entonces iluminaron sus casas con fogatas, pudieron calentarse en los meses fríos y cocer sus alimentos.

COMO EL TLACUACHE PUDO ROBARSE EL FUEGO

Versión de Fernando Benítez

Una leyenda del ocidente mexicano

HACE muchos años no se conocía el fuego. Los hombres comían las raíces ... las semillas de chía crudas, la carne de los animales cruda. Todo ... rudo.

... los Principales, los que llamamos en nuestra lengua, ... reunían y discutían entre ellos sobre la forma de tener algo ... or y cociera sus alimentos. Discutían día y noche. Ayunaban, ... s mujeres. Veían un fuego que salía por el oriente, pasaba ... cabezas, se metía en el mar, y ellos no podían alcanzarlo...

Cansados, los Principales reunieron a todos los hombres y animales.

—Hermanos —les dijeron—, ¿alguno de ustedes puede traernos el fuego que a diario pasa sobre nuestras cabezas?

—Se nos ocurre que cinco de nosotros vayamos al oriente, adonde aparece el Sol, y le robemos uno de sus rayos, una brizna de ese fuego que nos calienta —propuso un hombre.

—Nos parece bien —contestaron los Principales—. Vayan cinco hombres y nosotros nos quedaremos aquí ayunando y rezando. Tal vez logren arrebatarle al Sol uno de sus rayos y tengamos al fin lo que tanta falta nos hace.

Salieron cinco hombres y llegaron al cerro donde nacía el fuego. Esperaron a que amaneciera. Entonces se dieron cuenta de que el Sol nacía en otro segundo cerro lejano y siguieron su camino.

Llegados a ese segundo cerro, vieron que el Sol aparecía en un tercero mucho más lejano, luego en un cuarto, y así lo persiguieron hasta un quinto cerro donde, se les acabó el ánimo y regresaron tristes y cansados.

—Ah, Principales, hemos corrido de cerro en cerro persiguiendo al Sol y sabemos que nunca lo alcanzaremos. Por eso estamos tristes aquí de vuelta. Tristes y derrotados.

—Bueno, ustedes han cumplido. Descansen. Nosotros seguiremos pensando en la forma de alcanzarlo. Les rogamos de todo corazón que nos ayuden con sus oraciones, con sus consejos.

Entonces salió Yaushu, el sabio *Tlacuache*, y dijo:

—Oigan ustedes, mis Principales. Una vez hice un viaje al oriente y vi una luz muy lejana. Entonces me pregunté: "¿Qué es lo que brilla ahí, hasta donde alcanza mi vista? Yo debo saberlo." Me puse en camino día y noche. No dormía y apenas comía; no me importaba el sueño ni el cansancio. Al anochecer del quinto día, vi que en la boca de una gran cueva ardía una rueda de leños, levantando llamas muy altas y torbellinos de chispas. Sentado en un banco, estaba un viejo mirando la rueda. Era un viejo alto, estaba desnudo, cubierto con su taparrabo de piel de tigre; tenía los cabellos parados y le brillaban espantosamente los ojos. De tarde en tarde se levantaba de su banco y echaba ramas y troncos a la rueda de lumbre. Me escondí asustado detrás de un árbol, sin atreverme a llegar. Luego me fui poco a poco. Mientras más me apartaba de la rueda, el calor disminuía. "Es algo caliente", me dije, "algo terrible y peligroso." Eso fue lo que yo vi en el oriente, señores, padres míos.

—Y tú, Yaushu, ¿quisieras volver a la cueva y traernos una brizna de esa luminaria?

—Yo me comprometo a volver si ustedes, Principales, y ustedes, mis hermanos, ayunan cinco días y le piden ayuda a los dioses con ofrendas de *pinole* y de algodones.

—Lo haremos según tus palabras. Pero debes saber, Yaushu, que si nos engañas te mataremos.

Yaushu sonreía sin hablar. Los Principales ayunaron cinco días. Cinco días pidieron a los dioses que concediera a Yaushu lo que anhelaban desde hacía larguísimos años. Cumplido el ayuno, le entregaron *pinole* hecho de *chía* en cinco bolsas.

—Vengo pronto —les dijo—. De acuerdo con mi voluntad, en cinco días estaré de regreso. Espérenme pasada la media noche. Dejen a un lado el sueño y estén despiertos. Tal vez pueda morir. Si es así, no se lamenten, no piensen en mí.

Dicho esto Yaushu se fue cargando su *pinole*. A los cinco días encontró al Viejo sentado en el banco, contemplando el fuego.

—Buenas noches, Abuelo –saludó Yaushu.

El viejo no contestó una palabra.

—Buenas noches, Abuelo –repitió Yaushu.

—¿Qué andas haciendo a estas horas? –le preguntó el Dueño del Fuego.

—Los ancianos, mis Principales que están abajo, me pidieron que les llevara agua sagrada.

—¿Por qué no viniste más temprano? Son horas inoportunas.

—Soy el correo de los Taboasimoa. Estoy muy cansado y sólo te pido que me des permiso de dormir un poco aquí contigo. Mañana al amanecer seguiré mi camino.

Después de rogarle mucho con su vocecita delgada y su poder de dominio, el Viejo le permitió quedarse fuera de la cueva.

—Puedes pasar aquí la noche a condición de no tocar ninguna cosa.
Yaushu se sentó cerca del fuego, mezcló el *pinole* con el agua de su calabaza y lo vació en dos platitos ofreciéndole uno al viejo:

—Si tienes hambre yo te convido de mi bastimento, aunque todavía tengo mucho que andar.

El Viejo olió el pinole y su olor le llegó al corazón. Tomando el platito, vertió un poco en el centro de la hoguera. Luego metió el dedo en la mezcla, arrojó unas gotas por encima de su hombro, otras sobre la tierra y luego comió el resto. Dijo, devolviéndole a Yaushu el platito:

—Es muy rico tu bastimento, da mucha sustancia y me ha llenado la barriga. Que Dios te lo pague: "She timua, tamashiten".

Yaushu, tendió su cobija a poca distancia de la cueva. Pensaba y pensaba sobre la manera de robarse el fuego. Luego, se le oyó roncar. El Viejo tendió a su vez una piel seca de animal y descansó su cabeza en una piedra. Al rato se levantó, le hizo una reverencia a la hoguera y la avivó. Después se acostó nuevamente, la piel crujía a cada uno de sus movimientos. Poco después roncaba

Yaushu golpeó entonces el suelo con uno de sus pies y, convencido de que el Viejo dormía, se deslizó silenciosamente, estiró su cola y tomando un carbón encendido, se alejó poco a poco.

Había recorrido un largo trecho cuando sintió que se le venía encima un ventarrón. Los árboles se doblaban, rodaban las piedras. Yaushu corrió con todas sus fuerzas, pero el ventarrón lo alcanzó y el Viejo se paró frente a él temblando de rabia:

—Nieto, ¿qué es lo que hiciste? Te dije que no tocaras ninguna de mis cosas y has robado a tu abuelo. Ahora todo está hecho y vas a morir.

De inmediato, lo tomó con sus manos poderosas tratando de arrancarle el tizón. Aunque el carbón le quemaba la cola, Yaushu no lo soltó: el tizón era como una parte de su cuerpo. El Viejo lo pisoteó, le machacó los huesos, lo levantó en el aire sacudiéndolo y al final lo arrojó al mundo. Entonces, seguro de haberlo matado, el Viejo volvió a cuidar el fuego. Yaushu rodó por la cuesta, bañado en sangre, chisporroteando como una bola de fuego. Así llegó donde estaban orando los Tabaosimoa. Más muerto que vivo, desenroscó su cola chamuscada, dejó caer el tizón. Los Principales encendieron hogueras.

El Tlacuache fue llamado el héroe Yaushu, en recuerdo de haber traído a los hombres el fuego del oriente. Todavía muestra la cola pelada y anda trabajosamente por los caminos, debido a que el Abuelo Fuego, con su terrible poder, le quebró todos los huesos.

LA QUEBRADA DEL DIABLO

Versión de Ana María Güiraldes

Una leyenda mapuche del sur de Chile

LINCARAYÉN, la hija del toqui, era la doncella más hermosa de la tribu. No sólo era bello su rostro: todos decían que era tan graciosa y pura como la flor de la *quilineja*.

Por eso Quiltrapiche la amaba. Desde lejos seguía sus movimientos y sus ojos sonreían cuando ella paseaba en busca de flores para adornar sus largos cabellos negros.

Sin embargo, Quiltrapiche sabía que la joven no era feliz. En realidad nadie era feliz. Desde que un genio maléfico, llamado Pillán, repartió sus demonios en el poblado, toda la paz y bienestar desaparecieron de un golpe.

¿Cómo trabajar la tierra si desde los volcanes ese dios destructor les enviaba fuego para arruinar las cosechas? ¿Para qué arriesgarse a desobedecerle si luego los castigaría, dándoles a beber una pócima que deformaba sus rostros y los hacía gritar con voces más roncas que el más ronco de los truenos?

Desde hacía un tiempo, todos, asustados, vagaban sin atreverse ni a mirar las cumbres de los volcanes por temor a mayores desastres.

Por las noches, el terror crecía: enormes llamaradas en las bocas de los volcanes Calbuco y Osorno iluminaban el cielo convirtiéndolo en un infierno. Era la advertencia para el otro día: al que trabajara, algo le podía suceder...

Una tarde la tribu se reunió a celebrar un *nguillatún*. Las voces de hombres, mujeres y niños se unían en una súplica. Toda la naturaleza se plegaba a sus esfuerzos: se oyó el canto de los pájaros, el sonido de las cascadas y del viento, y hasta el agua del río se onduló para rogar.

De pronto, algo sucedió: el viento dejó de soplar y la tierra seca quedó suspendida en el aire; los pájaros se detuvieron en pleno vuelo, las aguas se

estiraron y el humo insolente de los volcanes retrocedió hasta el fondo de la tierra. Tan grande era el silencio, que sólo se escuchó el rápido latido de los corazones mientras la gente esperaba lo que iba a ocurrir...

Entonces, quién sabe de dónde, apareció un anciano. Jamás había sido visto antes en la tribu. Caminó hacia ellos, levantó una mano y todos supieron que les iba a hablar. Y cuando lo hizo, su voz fue tan suave que parecía brotar no de la garganta, sino del espíritu.

—El demonio que los hace sufrir vive en el fondo del volcán –dijo–. Cuando ustedes trabajan, su rabia se convierte en fuego que resbala por las laderas y arruina los sembrados. Pero lo podéis vencer...

Un clamor de súplicas se elevó alrededor del extraño. Cuando los hombres callaron, el viejo continuó:

—Tenéis que lanzar por su boca de fuego una rama de canelo.

Ahora las voces fueron de protesta:

—¿Cómo nos acercaremos? ¡Las llamas del demonio nos quemarían! ¡La tierra arde por los costados del volcán! ¡El agua hirviente chorrea!

El anciano esperó a que todos enmudecieran.

—Sólo existe una forma de llegar a la cima: debéis sacrificar a la doncella más hermosa y pura de la tribu. Sacaréis su corazón y lo dejaréis cubierto por una rama de canelo en la cumbre del Cerro Pichi Juan.

Su voz se hizo muchísimo más suave. Todos ce acercaron a escuchar:

—Entonces, descenderá un enorme pájaro. Tragará su corazón, tomará la rama y volará hacia el volcán Osorno. Cuando deje caer la rama por la boca de fuego, caerá mucha nieve. Y el demonio se helará.

La tribu escuchaba en suspenso.

La voz del viejo fue ahora imperativa cuando levantó un dedo para advertir:

—Pero si algún día dejáis que el ocio llegue a la tribu, el Pillán sabrá aprovechar la ocasión y regresará. ¡Y el sacrificio habrá sido en vano!

No hubo bien dicho estas palabras, desapareció tan misteriosamente como había llegado.

Entonces el viento dejó caer el polvillo suspendido, los pájaros volaron sobre las cabezas de toda la gente reunida y el agua se alborotó en las orillas.

Quiltrapiche miró al *toqui*: temblaba. Hasta los niños adivinaron quién sería la elegida para el sacrificio.

—Hija mía, mi dulce Lincarayén –sollozó el toqui.

Quiltrapiche miró hacia el volcán.

Pero la niña, sin alterar su sonrisa, se acercó a su padre y tomó su mano.

—No te preocupes, padre –susurró–. Muero contenta al saber que terminará tanto horror. Sólo pido que no usen lanzas ni cuchi-llos, que sean las flores, con sus perfumes, las que cierren mis ojos. Y que sea Quiltrapiche quien tome, después, mi corazón.

A la mañana siguiente, cuando el día llegaba con su avalancha de ruidos y luces, un cortejo descendió hasta el fondo de una gran quebrada. Quiltrapiche ya esperaba junto al lecho de flores que él mismo había preparado. Lincarayén lo miró desde lejos, y avanzó seguida de las mujeres, que lloraban en silencio.

Entre todas, las mujeres la ayudaron a tenderse. Una arregló su *chamal*, otra le extendió los cabellos negros sobre el almohadón de flores. Las voces del campo y de los hombres dejaron de escucharse cuando la niña y Quiltrapiche intercambiaron una suave mirada.

La tribu completa se sentó a esperar.

A media mañana vieron palidecer sus mejillas.

Cuando el sol estaba más allá de la mitad del cielo, sus párpados caían.

Enrojecía el campo, y el pecho apenas se levantaba para llenarse de perfumes.

Los contornos de los árboles se escondían en las sombras cuando la doncella respiró por última vez.

Se adelantó Quiltrapiche. La mano tembló al cumplir la tarea. Y con el corazón de Lincarayén en sus palmas, caminó hacia el toqui y se lo entregó. Regresó entonces hacia el cuerpo tendido y, sin exhalar una queja, se atravesó el pecho con la misma lanza.

La tribu lanzó un grito de horror. Pero el toqui, con la voz quebrada por la pena, dio la orden y alguien obedeció: un muchacho corrió a cortar una rama de canelo, tomo el corazón se lanzó a toda velocidad hacia lo alto del cerro Pichi Juan.

Bajaba, cuando en el cielo apareció un enorme cóndor con sus alas extendidas. El ave planeó sin hacer ruido y descendió hacia el corazón que descansaba sobre la roca. Todos lo vieron engullirlo. Y también lo vieron tomar la rama de canelo y emprender el vuelo hacia el volcán Osorno, que rugía en medio de llamaradas. Dio el cóndor tres vueltas en espiral y dejó caer la rama dentro de la boca de fuego.

—¡Miren! –gritó una mujer, mostrando el cielo con el dedo.

Las nubes negras se arremolinaban. Un frío intenso descendió desde arriba. Y comenzaron a caer plumillas heladas.

Todo se cumplió como el viejo lo anunció: la nieve cubrió el volcán, tapó la boca de fuego, y el Pillán, luego de revolverse de la rabia, se quedó quieto para siempre.

La tribu pensó que jamás sus ojos volverían a presenciar algo semejante. Pero cuando regresaron al lugar del sacrificio, el estupor se convirtió en maravilla. De las flores del lecho habían crecido raíces y las ramas, entrelazadas, formaban un castillo inmenso. Pero la maravilla se convirtió en locura y alborozo al ver pasear entre floridos aposentos a Lincarayén y Quiltrapiche, tomados de la mano y unidos más allá de la muerte.

Algunos dicen que esto es cierto.

Otros juran que es verdad.

El caso es que allá en Puerto Varas sigue intacta la quebrada...

La llaman "Quebrada del Diablo".

Muchos descienden a contemplar la increíble vegetación que cubre su fondo, pero pocos son los que pueden ver el castillo de flores. Porque sólo se hace visible a los que tienen la gracia y pureza de la flor de la *quilineja*.

PARTE II

LA MULATA DE CÓRDOBA

Versión de Francisco Serrano

Un cuento mexicano de la época colonial

CUENTA la leyenda que hace más de dos siglos vivió en la ciudad de Córdoba, en el estado de Veracruz, una hermosa mujer, una joven que nunca envejecía a pesar de los años.

La llamaban la Mulata y era famosa como abogada de casos imposibles: las muchachas sin novio; los obreros sin trabajo; los médicos sin enfermos; los abogados sin clientes; los militares retirados, todos acudían a ella, y a todos la Mulata los dejaba contentos y satisfechos.

Los hombres, prendados de su hermosura, se disputaban la conquista de su corazón. Pero ella a nadie correspondía, a todos desdeñaba.

La gente comentaba los poderes de la Mulata y decía que era una bruja, una hechicera.

Algunos aseguraban que la habían visto volar por los tejados, y que sus ojos negros despedían miradas satánicas mientras sonreía con sus labios rojos y sus dientes blanquísimos.

Otros contaban que la Mulata había pactado con el Diablo y que lo recibía en su casa. Decían que si se pasaba a medianoche frente a la casa de la bruja, se veía una luz siniestra salir por las rendijas de las ventanas y las puertas, una luz infernal, como si por dentro un poderoso incendio devorara las habitaciones. La fama de aquella mujer era inmensa. Por todas partes se hablaba de ella y en muchos lugares de México su nombre era repetido de boca en boca:

Hace tiempo, mucho tiempo
que vive en la vecindad
al lado de la plazuela.
¿En la vecindad? ¡No es cierto!
Nunca la hemos encontrado
en el patio, en el zaguán.

39

Ni en la calle, ni en la iglesia
ni tampoco en el mercado.
¡Luego ella no es de este barrio,
luego llegó de repente!
En Córdoba ¡desde cuando
apareció de improviso!

Nadie sabe cuánto duró la fama de la Mulata. Lo que sí se asegura es que un día, de la villa de Córdoba fue llevada presa a las sombrías cárceles del Tribunal de la Inquisición, en la ciudad de México, acusada de brujería y satanismo.

La mañana del día en que iba a ser ejecutada, el carcelero entró en el calabozo de la Mulata y se quedó sorprendido al contemplar en una de las paredes de la celda el casco de un barco dibujado con carbón por la hechicera, quien sonriendo le preguntó:

—Buen día, carcelero. ¿Podrías decirme qué le falta a este navío?

—¡Desgraciada mujer! –contestó el carcelero–. Si te arrepintieras de tus faltas no estarías a punto de morir.

—Anda, dime, ¿qué le falta a este navío? –insistió la Mulata.

—¿Por qué me lo preguntas? Le falta el mástil.

—Si eso le falta, eso tendrá –respondió enigmáticamente la Mulata.

El carcelero, sin comprender lo que pasaba, se retiró con el corazón confundido.

Al mediodía, el carcelero volvió a entrar en el calabozo de la Mulata y contempló maravillado el barco dibujado en la pared.

—Carcelero, ¿qué le falta a este navío? –preguntó la Mulata.

—Infortunada mujer –replicó el desconcertado carcelero–. Si quisieras salvar tu alma de las llamas del infierno, le ahorrarías a la Santa Inquisición que te juzgara. ¿Qué pretendes?... A ese navío le faltan las velas.

—Si eso le falta, eso tendrá –respondió la Mulata.

Y el carcelero se retiró, intrigado de que aquella misteriosa mujer pasara sus últimas horas dibujando, sin temor de la muerte.

A la hora del crepúsculo, que era el tiempo fijado para la ejecución, el carcelero entró por tercera vez en el calabozo de la Mulata, y ella, sonriente, le preguntó:

—¿Qué le falta a mi navío?...

—Desdichada mujer –respondió el carcelero–, pon tu alma en las manos de Dios Nuestro Señor y arrepiéntete de tus pecados. ¡A ese barco lo único que le falta es que navegue! ¡Es perfecto!

—Pues si vuestra merced lo quiere, si en ello se empeña, navegará, y muy lejos...

—¡Cómo! ¿A ver?

—Así –dijo la Mulata, y ligera como el viento, saltó al barco; éste, despacio al principio y después rápido y a toda vela, desapareció con la hermosa mujer por uno de los rincones del calabozo.

El carcelero se quedó mudo, inmóvil, con los ojos salidos de sus órbitas, los cabellos de punta y la boca abierta.

Nadie volvió a saber de la Mulata;
se supone que está con el demonio.
Quien les crea a los cuentos de hechiceras
que pruebe a pintar barcos en los muros...

EL BARCO NEGRO

Versión de Pablo Antonio Cuadra

Un viejo relato del folklore de Nicaragua

CUENTAN que hace mucho tiempo, ¡tiempales hace! cruzaba una lancha de Granada a San Carlos y cuando viraba de la Isla Redonda, le hicieron señas con una sábana.

Cuando los de la lancha bajaron a tierra, sólo ayes oyeron. Las dos familias que vivían en la isla, desde los viejos hasta las criaturas, se estaban muriendo envenenadas. Se habían comido una res muerta picada de *toboba*, una víbora amante de rondar el ganado moribundo.

—¡Llévennos a Granada! —les dijeron.

Y el capitán preguntó:

—¿Quién paga el viaje?

—No tenemos centavos —dijeron los envenenados–, pero pagamos con leña, pagamos con plátanos.

—¿Quién corta la leña? ¿Quién corta los plátanos? —dijeron los marineros.

—Llevo un viaje de cerdos a Los Chiles y si me entretengo, se me mueren sofocados —dijo el capitán.

—Pero nosotros somos gentes —dijeron los moribundos.

—También nosotros -contestaron los lancheros–. Con esto nos ganamos la vida.

—¡Por diosito! –gritó entonces el más viejo de la isla–. ¿No ven que si nos dejan, nos dan la muerte?

—Tenemos compromiso –dijo el capitán. Y se volvió con los marineros y ni porque estaban retorciéndose tuvieron lástima. Ahí los dejaron. Pero la abuela se levantó del *tapesco* y a como le dio la voz les echó la maldición:

—¡A quienes se les cerró el corazón, se les cierre el lago!

La lancha se fue. Cogió altura buscando San Carlos y desde entonces perdió tierra. Eso cuentan. Ya no vieron nunca tierra. Ni los cerros ven, ni las estrellas. Tienen años, dicen que tienen siglos de andar perdidos. Ya el barco está negro, ya tiene las velas podridas y las jarcias rotas. Mucha gente del lago los ha visto. Se topan en las aguas altas con el barco negro, y los marinos barbudos y andrajosos les gritan:

—¿Dónde queda San Jorge?

—¿Dónde queda Granada?

Pero el viento se los lleva y no ven tierra. Están malditos.

LAS LÁGRIMAS DEL SOMBRERÓN

Versión de Luis Alfredo Arango

Un relato de la tradición oral de Guatemala

CELINA era una niña muy bonita. La gente del callejón del Carrocero, en el barrio de Belén, la veía todos los días y nunca terminaba de admirarla. Y es que mientras más crecía Celina, más linda se ponía:

—¡Qué ojos tan hermosos!

—¡Sí, tan grandes sus ojos!

—¡Y qué pelo el que tiene!

—¡Tan largo y ondulado!

—¡Se parece a la virgen del Socorro de la Catedral!

Y en verdad, Celina se parecía a la pequeña estatua de la virgen del Socorro, morena y llena de gracia. Hasta su nombre era extraño, como venido del cielo, o sacado de algún libro de cuentos.

La fama de su belleza comenzó a correr por toda la ciudad. Además de ser bonita, verdaderamente bonita, Celina era muy trabajadora: ayudaba a su mamá a hacer tortillas de maíz para venderlas en las casas ricas.

Verla correr por las calles, vendiendo las tortillas que hacía su mamá, era el deleite de chicos y viejos: todos quedaban impresionados de su belleza.

Una tarde, a eso de las seis, en la esquina de la calle de Belén y callejón del Carrocero, sin más ni más, aparecieron cuatro mulas amarradas al poste del alumbrado eléctrico. Las mulas llevaban cargas de carbón al lomo.

—¿No serán las mulas del Sombrerón? –comentó una mujer.

—¡Dios nos libre, ni lo diga, *chula!* –le respondió otra al pasar.

Esa noche Celina estaba muy cansada después de haber trabajado todo el día. El sueño comenzaba a dormirla, cuando oyó una música muy linda: era la voz de alguien que cantaba acompañado con una guitarra.

—Mamá, ¡oiga esa música!

—¿Qué música? Lo que pasa es que te está venciendo el sueño.

—¡No, mamá, oiga qué belleza!

Pero la tortillera no oía ninguna música.

—Lo mejor es que te duermas, mi niña.

Celina no podía dormir oyendo aquella música encantadora. Hasta sus oídos llegó claramente la voz cantarina que decía:

Eres palomita blanca
como la flor del limón;
si no me das tu palabra
me moriré de pasión...

A las once de la noche, el callejón quedó en silencio y la recua de mulas carboneras se perdió en la oscuridad.

Noche a noche se repitió lo mismo. Lo único que la gente notaba eran las mulas con su carga de carbón, atadas al poste, en cambio Celina, se deleitaba con las canciones que escuchaba.

Una noche, a escondidas de su mamá, Celina salió a espiar en la oscuridad porque quería conocer al dueño de la voz.

Por poco se muere del susto. ¡Era el Sombrerón! Un hombrecito con un sombrero gigantesco, zapaticos de charol y espuelas de plata. Mientras bailaba y cantaba tocando su guitarra de nácar, enamoraba a la niña:

Los luceros en el cielo
caminan de dos en dos;
así caminan mis ojos
cuando me voy detrás de vos...

¡Celina no pudo dormir esa noche! No podía dejar de pensar en el Sombrerón. Todo el día siguiente lo pasó recordando los versos. Quería y no quería que llegara la noche, quería y no quería volver a ver al Sombrerón. Esa semana Celina dejó de comer, dejó de sonreír.

—¿Qué te pasa, hijita? –le decía su mamá–. ¿Te duele algo? ¿Estás enferma? Pero Celina no hablaba.

—La habrá enamorado el Sombrerón –le dijeron– y la tortillera desesperada, siguiendo consejos de los vecinos, la llevó lejos de su casa y la encerró en una iglesia. Porque la gente cree que los fantasmas no pueden entrar a las iglesias.

A la noche siguiente llegó el Sombrerón al callejón del Carrocero, pero no encontró a la niña. Se puso como loco y comenzó a buscarla por toda la ciudad, sin encontrarla. Al amanecer se alejó, silencioso, con su recua de mulas atrás.

La mamá de Celina y los vecinos estaban contentos, porque habían logrado librarla del Sombrerón. Pero Celina, encerrada en la iglesia, enfermó de pura tristeza y amaneció muerta un día.

Estaban todos velando a la niña, en casa de la tortillera, cuando escucharon un llanto desgarrador que los heló del susto. ¡Era el Sombrerón que venía arrastrando sus mulas! Se detuvo junto al poste de la esquina y comenzó a llorar:

Corazón de palo santo
ramo de limón florido
¿por qué dejas en el olvido
a quien te ha querido tanto?
¡Aaaaaaaay... aaay!
Mañana cuando te vayas
voy a salir al camino
para llenar tu pañuelo
de lágrimas y suspiros...

Nadie supo a qué hora se fue el Sombrerón. Se fue alejando, llorando, llorando, hasta que se fundió en la noche oscura. A la mañana, cuando los dolientes salieron de la casa de la tortillera, se quedaron maravillados: ¡Había un reguero de lágrimas cristalizadas, como goterones brillantes, sobre las piedras lajas de la calle!

ANTONIO Y EL LADRÓN

Versión de Saúl Schkolnik

Un cuento de la tradición oral chilena

UN NIÑO llamado Antonio estaba jugando en el corredor de su casa.

Vino su mamá y le dijo:

—¡Oye, Toño! Anda al pueblo a comprar harina y manteca que se me han acabado –y le pasó un montón de monedas–. ¡Y cuidadito, que no se te vayan a perder!

Antonio se las guardó bien guardadas en el bolsillo y poniéndose su manta y su sombrero, partió a Toconce, que no más quedaba al otro ladito del cerro, apretando el dinero con la mano.

Iba silbando muy alegre, cuando de repente miró para atrás y ahí venía un hombre siguiéndolo. Nadita bien le pareció esto al niño, así que aprovechando una curva del camino, se sacó el sombrero, lo colocó en el suelo, le metió debajo una piedra y aparentó estar sujetándolo bien, pero bien firme.

Llegó el hombre -que era un ladrón- hasta donde estaba Antonio y le preguntó:

—Dime, ¿qué tienes en el sombrero?

—Una gallina tengo encerrada, pero es tan astuta que si la suelto ¡guay!, de inmediato se me vuela. ¿Por qué no me la sujetas un rato?, yo voy a buscar una jaula –le pidió Antonio .

"Cuando este chiquillo tonto se vaya yo me quedo con la gallinita en vez de robarle otra cosa", pensó el bandido, "seguro que no anda trayendo nada que valga tanto". Y agachándose, afirmó bien afirmado el sombrero. Antonio aprovechó para alejarse ligerito.

El ladrón esperó a que se perdiera de vista, levantó con cuidado una puntita del sombrero, metió la mano de golpe y... ¡zas!, le dio un agarrón a la piedra.

—¡Auch! –gritó–. No estaba la gallina.

—¡Reflautas! –exclamó muy enojado–, este chiquillo me engañó. Ni bien lo pille, ¡me las va a pagar! Se encasquetó el sombrero y siguió apurado al niño.

Al ratito, Antonio miró de nuevo para atrás y vio al mismo hombre que lo iba alcanzando. Trepó, entonces, por el cerro hasta donde había una piedra grande, se sacó la manta, la dobló bien doblada, la puso en la piedra y apoyó el hombro contra ella como si estuviera haciendo mucha fuerza para atajarla.

Llegó el bandido, se paró debajito del niño y le preguntó:

—Dime, ¿qué estás haciendo con esa piedra?

—¡Cuidado! –le advirtió el muchacho–. Esta piedra se va a caer y nos va a aplastar a los dos y a todita la gente de Toconce. ¿Por qué no la sostienes un ratito?, yo voy a buscar una estaca.

Se asustó el ladrón y apoyando su hombro contra la manta se puso a sujetar la piedra. Esperó mucho rato el hombre y el niño no llegaba, se estaba demorando demasiado. ¿Y cómo no se iba a demorar si partió corriendo hacia el pueblo? Al rato el bandido pensó, "¡Uf, qué cansado estoy! Largaré la piedra, no importa que me aplaste a mí y a todo el pueblo". Soltó el hombre la piedra y esta no se movió nada.

—¡Reflautas! –exclamó muy enojado–. ¡Este niño me engañó otra vez! Ahora lo voy a alcanzar, le voy a robar todo lo que tiene y, además, le daré una feroz paliza; y corrió tras el muchacho

Antonio iba llegando a Toconce. Ya podía ver las casas con sus muros de piedra y techos de paja, desparramadas entre el verdor del valle protegido por áridos cerros. A medida que se acercaba, plantas y algarrobos crecían, cada vez más abundantes, por la vera del sendero. Volvió a mirar a sus espaldas y vio que el hombre se acercaba ahora corriendo. Rápidamente se arrimó a un algarrobo y comenzó a trenzar una cuerda.

El bandido llegó hasta donde él estaba:

—Dime, ¿qué haces con esa cuerda? le preguntó.

Estoy trenzándola para que quede más resistente –le dijo–, porque la tierra va a darse vuelta y toditos nos caeremos, menos los algarrobos, por eso me voy a amarrar bien amarrado a este árbol.

—¿De veras? —se alarmó el hombre, y pensó, "Si ha de darse vuelta la tierra, no seré yo quien me caiga". Entonces le exigió al niño:

—A mí me atas primero, y después te amarras si tú quieres.

Antonio hizo como que lo pensaba y luego aceptó:

—¡Está bien! —dijo—. A ti te amarraré primero. Abrázate fuerte al algarrobo.

Así lo hizo el ladrón y Antonio lo amarró bien apretado.

—No aprietes tanto que me duele —se quejó el hombre, pero el muchacho siguió apretando. Cuando terminó de atarlo fue al pueblo, compró la harina, la manteca y partió de vuelta. Llegó al lugar donde estaba el ladrón amarrado al árbol y éste le preguntó:

—¡Oye! ¿Cuándo me dijiste que iba a pasar eso que dijiste?

—¡Lueguito, lueguito! —le contestó el niño—. Pero, mientras tanto, como está empezando a caer la helada, me voy a llevar mi manta y mi sombrero para abrigarme. Le sacó el sombrero y la manta al bandido, se los puso y se fue silbando bien contento a su casa.

PEDRO RIMALES, CURANDERO

Versión de Rafael Rivero Oramas

Un relato del folklore de Venezuela

LLEGÓ un día Pedro Rimales a un lejano país, cansado y sin un centavo. Decidió entonces hacerse pasar por curandero para conseguir algunos reales y no morirse de hambre.

"¿Algunos reales? Tal vez hasta rico y poderoso pueda ser", pensó.

Y echó a correr el rumor de que tenía gran sabiduría, que conocía todas las enfermedades habidas y por haber, y que curaba con medicinas misteriosas.

Pero nadie vino.

Ni siquiera un enfermo de catarro.

Supo entonces que el rey de ese lejano país tenía la manía de ser médico y que todos los enfermos debían recetarse con él, lo quisieran o no lo quisieran.

"Tanto mejor", pensó Pedro Rimales. "Si yo llego a curar a un enfermo que el rey no ha podido sanar, hasta rey podría ser".

Y una mañana, justamente, sucedió que un hombre de ese lejano país despertó con una gran pereza y sin ningunas ganas de trabajar.

—¡Me muero! –gritó y se tumbó en el suelo haciéndose el muerto.

Cada vez que alguien se acercaba a verlo, el hombre aguantaba la respiración y se ponía tieso.

—Está muerto –decían todos.

Pedro Rimales se puso a observarlo. Cuando nadie se acercaba, la pechera de la camisa del muerto subía y bajaba con su respiración. Arriba, abajo. Arriba, abajo.

—¿Por qué no llaman al rey para que lo cure? –preguntó Pedro Rimales.

—¡Para qué vamos a llamarlo! ¿Tú estás loco, hermano? ¿No ves tú que está muerto?

Pedro Rimales sonrió con aire misterioso y dijo:

—La muerte es una enfermedad que también se puede curar. Claro, si es que uno conoce con qué.

Toda la gente se quedó patitiesa. ¿Habría alguien capaz de curar la muerte?

—Entonces sana al hombre que acaba de morir –dijo uno.

—Yo lo haría, pero el rey puede enojarse –contestó Pedro Rimales–. Tal vez me mandaría a matar.

—Si tú puedes sanarlo, el rey también puede –le replicaron.

Y se fueron a buscar al rey.

El rey llegó en un coche cargado con potes de ungüentos, cajitas de polvos y yerbas mágicas. Hizo que el muerto oliera sales, le untó pomadas y trató de hacerle beber un brebaje especial. Pero el hombre perezoso, cansado de hacerse el muerto, se había quedado dormido profundo y ningún menjurje del rey logró despertarlo.

Furioso, el rey llamó entonces a Pedro Rimales.

—Inténtalo tú, ahora. Pero si no logras que el muerto se pare, haré que te den una paliza. Y ya no te quedarán ganas de hacerte pasar por curandero.

Pedro Rimales metió en una tapara hojas de diferentes plantas y las mezcló con agua del río. Encendió un tabaco y sopló tres veces humo en la *tapara*. Acercándose al muerto le derramó en la boca su medicina. Al mismo tiempo, con la otra mano, sin que nadie se diera cuenta, le apagó el tabaco en el fundillo. Al sentir el terrible dolor de la quemadura, el muerto dio un grito y se paró de un solo salto.

La gente no podía creer lo que estaba viendo. Aclamaron a Pedro Rimales y le pusieron la corona y el manto del rey.

Varios años reinó Pedro Rimales en aquel lejano país, hasta que un día, fastidiado de recibir embajadores y bailar el vals, resolvió marcharse. Se quitó la corona y el manto y se fue a recorrer el mundo.

EL CABALLITO DE SIETE COLORES

Versión de Héctor Felipe Cruz Corso

Un cuento del folklore de Guatemala

AL PIE de la montaña, estaba la granja de don Isidro. Era una granja limpia, grande y próspera. Sus hortalizas eran las mejores de la región y los agricultores de los alrededores lo visitaban con frecuencia para que él les revelara sus secretos.

Una noche, don Isidro y sus tres hijos escucharon un tropel de caballos retozando entre las hortalizas. Encendieron sus linternas, se colgaron al hombro las escopetas y salieron a ver qué pasaba. ¡Tremendo susto se llevaron, cuando se dieron cuenta de que eran unos caballos de todos colores! Les apuntaron para dispararles. Pero, como eran caballos encantados, las balas se volvieron humo en el espacio. Al oír los disparos, los caballos abandonaron las hortalizas, habiéndolas dañado mucho, y se fugaron sin dejar rastro siquiera, como si en vez de caminar, volaran.

Cuando amaneció, don Isidro y sus hijos fueron a ver sus hortalizas, poniéndose todos muy tristes al verlas machucadas. Resembraron y don Isidro le ordenó al hijo mayor, que se llamaba Juan, cuidar de las siembras durante la noche. Juan obedeció. Pero, entonces, se apoderó de él un sueño profundo y se durmió. A la mañana siguiente, las hortalizas estaban maltrechas de nuevo.

Cuando don Isidro se dio cuenta, reprendió severamente a su hijo.

—Eres un inútil –le dijo–. Un bueno para nada.

No fue mi culpa, padre. Llegó a mí un suave olor a flores nocturnas y me venció un sueño extraño –le contestó.

—Ahora te quedarás velando tú –le ordenó al del medio, que se llamaba Carlos.

—Muy bien, padre –le contestó éste.

Pero, como pasó en la noche anterior, se esparció por toda la granja un olor semejante al que despiden las flores de un árbol llamado Galán de Noche, y Carlos se durmió. Llegaron los caballos y dejaron las hortalizas hechas trizas.

La furia de don Isidro, cuando vio sus siembras arrancadas, fue incontenible. Regañó a Carlos:

—También tú, eres un holgazán –le dijo.

—No fue mi culpa, padre. Mientras velaba, llegó un olor dulce y delicado. Luego, un sueño profundo hizo presa de mí.

—Ahora te quedarás velando tú –le dijo a José, el más pequeño de sus tres hijos.

—Muy bien, padre mío –respondió éste.

José, que era muy listo, ideó un plan para no dormirse: sorprender a los caballos y de ser posible capturar a alguno. Colgó una hamaca entre dos naranjos, la llenó de hojas espinosas de *chichicaste*, y se recostó. Cuando llegó aquel olor suave y penetrante, empezó a bostezar, pero el escozor que le causaba el roce con las hojas del *chichicaste*, era tan fuerte, que pudo vencer el sueño.

Rascándose estaba, cuando entró a las hortalizas el tropel de caballos de todos colores. José se quedó admirado al ver lo maravilloso que eran. Pero, como él era muy listo, cogió una soga, y en un decir ¡Jesús!, enlazó al caballo más hermoso. Parecía como si el arcoiris se hubiese retratado en él.

El caballo relinchaba y hacía grandes esfuerzos por zafarse, pero no pudo, pues la soga tenía atada una crucecita de *ocote*, que lo fue calmando hasta dejarlo manso como una palomita de Castilla. Los otros caballos, al ver que su rey había sido atrapado, huyeron despavoridamente.

Cuando el caballito de siete colores se vio imposibilitado, le propuso a José un trato:

—Suéltame y te daré lo que quieras.

—No puedo. Eres un pícaro y, como tal, debes dar cuenta a mi padre de tus fechorías –dijo el joven.

—Suéltame y pondré las hortalizas mejor que antes. Además, te socorreré en cualquier peligro que te encuentres.

—Para creerte, arregla primero las hortalizas –dijo José.

—Está bien. Observa y escucha:

> *Piedras blancas, piedras lisas,*
> *ojos del alcaraván*
> *aquí se levantarán*
> *las mejores hortalizas.*

En el acto, allí crecieron las más hermosas verduras ante el estupor de José, quien finalmente se atrevió a decir:

—Veo que sí posees poderes mágicos. Te soltaré porque un caballo tan hermoso como tú, no debe ser prisionero. Pero prométeme que nunca más molestarás las hortalizas de mi padre.

—Te lo prometo.

José lo soltó y el caballito se perdió como un globo de colores que lleva el viento.

A las cinco de la mañana, don Isidro y sus dos hijos fueron a ver las hortalizas y se asombraron de encontrarlas más hermosas que antes.

—Ya ven –les dijo don Isidro–, mi hijo más pequeño es un valiente. Y corrió a abrazarlo.

A los dos hermanos mayores les entró envidia y decidieron abandonar la casa de su padre. Se fueron por un camino desconocido. Don Isidro se enfermó de la pura tristeza y José tuvo que salir a buscarlos. Cuando ellos lo vieron venir, lo cogieron de las manos y los pies y lo echaron en un pozo profundo. Con toda seguridad se hubiera muerto, pero José se acordó del caba-llito de siete colores y lo llamó. El caballito acudió en el mismo instante y lo salvó. Entonces José corrió de nuevo para alcanzar a sus hermanos; éstos, al verlo, se miraron las caras, incrédulos, pues no comprendían cómo había salido del pozo.

—Hermanitos, nuestro padre está enfermo por vuestra ausencia –les dijo.

—¡Qué nos importa! –le contestaron ellos–. Ya tiene su hijo chiquito que le sirva en todo.

Se fueron montaña adentro, mientras José, siguiéndoles los pasos, les suplicaba que volvieran.

Luego que pasaron el ojo de agua, leyeron un real decreto clavado en el tronco de un *guarumo*, que decía:

"QUIEN GANE MAÑANA LA ARGOLLA DE ORO EN LA CARRERA
DE CINTAS A CABALLO, SE CASARÁ CON LA PRINCESA."

Hay que decir de una vez, que el hoyito de aquella argolla era como la cabeza de un alfiler y grandes caballeros la habían intentado ganar sin éxito.

Los hermanos envidiosos decidieron hacer la prueba. Tomaron a José como su criado y lo pusieron a bañar y a adornar los caballos.

Al día siguiente, los hermanos Juan y Carlos montaron sus caballos, y le ordenaron:

—Cuando regresemos, queremos de almuerzo chuletas y papas fritas, bien doraditas.

—¿No podría ir a espiar la carrera yo, hermanitos?

—¡No! –le ordenaron– y, carcajeándose, partieron.

José estaba tan triste que no tenía ganas de nada. En eso se acordó de su amigo, el caballito de siete colores, y lo llamó. Y al instante aquél acudió:

—¿En qué puedo servirte? –le preguntó.

—Quiero participar contigo en la carrera de cintas y ganar la argolla, para casarme con la princesa –le contestó José.

—Con mucho gusto –le dijo el caballito, y salieron rumbo al palacio.

Ya todos los caballeros habían pasado, sin llevarse la argolla de la princesa. En eso, el anunciador dijo:

—¡Que pase el último!

Y la gente enmudeció al ver pasar al caballito de siete colores con cascos de plata, montura de terciopelo y un jinete vestido de oro y seda que se llevó la argolla, dejando en el ambiente un aroma exquisito.

—¡Ese es mi yerno! –gritó el rey desde el palco real, y la princesa se ruborizó.

Minutos después, José se presentó al palacio con la argolla; y al día siguiente, se efectuó la ceremonia de la boda en la Capilla Mayor del Palacio. José mandó a llamar a sus dos hermanos, los perdonó, y les rogó que fueran por su padre para vivir en el Palacio Real. Y el caballito de siete colores desapareció, como por encanto...

BLANCA Y EL SALVAJE

Versión de Verónica Uribe y Carmen Diana Dearden

Un cuento del folklore de Venezuela

BLANCA tenía el pelo crespo y los ojos entre verdes y amarillos. Era linda, pero extraña. Andaba siempre como distraída y casi nunca hablaba. Ni siquiera aquel día en que la abuela llevó a Blanca y a todos los muchachos a bañarse al Pozo de las Corales, allá en el monte.

Los muchachos iban adelante preparando con sus cuchillos las horquetas para matar las corales y otras serpientes que siempre aparecían cerca del pozo. Las niñas les seguían haciéndoles fiesta. Atrás iba Blanca oyendo los ruidos del monte: los chirridos, los quejidos, las hojas susurrando. De vez en cuando, se detenía y volteaba porque parecía que alguien la seguía. Unos ojos, una voz, una sombra entre las hojas reverberando con el sol de la mañana.

—Vamos, niña –gritaba la abuela, apurándola.

Pero Blanca fue la última en llegar al pozo, la última en sacarse la ropa y la última en saltar al agua oscura y rumorosa. Y todavía allí, en medio del pozo, le parecía sentir que alguien la miraba, que alguien la llamaba desde los árboles altos.

—Es que en el monte sale el Salvaje, que hechiza a las niñas bonitas –decían las muchachas del pueblo.

Y Blanca, acurrucada en una piedra donde caía el sol, con el pelo lleno de gotitas brillantes, veía ojos de tigre y patas de venado cruzando sin ruido por entre el matorral.

En eso, un viento caliente sopló y algo se le enredó en el cabello. Se levantó asustada y de su pelo crespo cayó una flor de bucare. Miró hacia arriba. La alta copa del árbol, lleno de flores rojas, se mecía con el viento. Nada más.

Blanca no regresó más al pozo, ni volvió a entrar en el monte.

—Vamos, chica, vamos a bañarnos –le decían las muchachas.

—Vamos, niña –insistía la abuela. Pero Blanca movía suavemente la cabeza y se quedaba sola en la casa silenciosa.

—Es que le tiene miedo al Salvaje –se burlaban las muchachas.

—No, no le tengo miedo – respondió Blanca un día, pero nadie la oyó. Así pasó el tiempo.

Por las tardes, Blanca salía al corredor, se sentaba en la mecedora de la abuela y miraba a lo lejos, más allá del río, donde comienza el monte tupido. Con el vaivén de la mecedora y el fresco pegándole en la cara, recordaba el claroscuro del monte y oía otra vez los chirridos, los quejidos y los susurros. Y si apretaba los ojos y respiraba cortito, le parecía también que alguien muy fuerte la elevaba por los troncos, arriba, hasta las ramas más finas desde donde veía el río y su pueblo y su casa, todo lejano y chiquito.

—¿Qué le pasa a esta muchacha que está como ida? –preguntó la abuela una tarde mirando a Blanca que se mecía sonriendo.

—Nada, ¿qué le va a pasar? Son cosas de la edad –respondió su madre.

—¿Y no será que el Salvaje la está embelesando? Porque dicen que embelesa a las muchachas igualito que una tragavenado. Y cuando están bien bobas, las carga en su espalda greñuda y se las lleva al monte.

—Son cosas de la gente. Nadie ha visto al Salvaje.

—Pues alguien lo habrá visto alguna vez, porque dicen que es peludo como un oso, mitad mono y mitad hombre, con ojos de tigre y patas de venado.

Y una tarde, un día después de haber cumplido quince años, cuando ya se había puesto el sol, Blanca desapareció. Nadie supo qué pasó. No se sintió ruido, ni voces, ni quejidos. Dice la gente que la abuela tenía razón. Que el Salvaje llegó silencioso, con pisadas de espuma, que se la echó a la espalda, cruzó el río caminando sobre las aguas y se metió en el monte hasta la casa en los árboles que había construido para Blanca. Que allí le da de comer frutas y semillas, que le adorna el cabello con flores y que le lame incesantemente las plantas de los pies.

Y nadie sabe si Blanca no regresa porque está débil y asustada o porque no quiere bajar del árbol embrujado del Salvaje.

GLOSARIO

Ajolote: Animal anfibio que habita en los lagos de México y América del Norte.

Anáhuac: Nombre que le dieron los aztecas a la extensión de territorio comprendido entre los lagos que cubrían el valle de México.

Alcaraván: Ave zancuda de unos 60 cm. de altura, de cuello muy largo y cola pequeña.

Auyan-Tepuy: Cerro de los espíritus.

Báquiro: Especie de cerdo salvaje sin cola, de cerdas largas y fuertes.

Caracolas: Instrumento musical de viento, concha de caracol marino de forma cónica.

Cauda: Falda, capa o cola de un vestido; se aplica a alguna cosa que es muy abundante y que cae o desciende.

Códices: Manuscritos antiguos.

Copal: Resina que se extrae de diversos árboles de las regiones tropicales y que se utiliza como incienso.

Capibaras: Carpincho, mamífero, roedor de América.

Carrocero: Fabricante de carruajes.

Chula: Linda, bonita, graciosa.

Chichicaste: Arbusto silvestre, espinoso, de tallo fibroso que se utiliza para hacer cordeles.

Cachicamo: Armadillo, en el sur de América también se le conoce como "tatú".

Conuco: Parcela de tierra dedicada al cultivo familiar.

Chaco: Terreno en cultivo, finca rústica.

Chimane: Grupo aborigen del Departamento de Beni en Bolivia.

Copihue: Planta trepadora de tallo voluble que da flores rojas, blancas o rosadas. Es la flor nacional de Chile.

Chía: Semilla pequeña que se hierve para preparar una bebida refrescante.

Canelo: Árbol sagrado de los mapuches.

Chamal: Paño grande que usan los mapuches para cubrirse, los hombres desde la cintura y las mujeres desde los hombros.

Falaz: Mentiroso.

Huéhuetl: Tipo de tambor.

Huestes: Ejército, tropa.

Lid: Combate, pelea.

Macanas: Armas a manera de machetes, hechas con madera dura y filo de piedra que usaban los indígenas americanos

Maravillas: Especie de enredadera de flores azules con listas de color púrpura.

Mazas: Armas antiguas de guerra.

Murici: Fruta silvestre, pequeña y redonda, y de color amarillo.

Mandioca: (sinónimos: yuca y tapioca) Arbusto de América de cuya raíz se extrae una sustancia blanca, similar a un polvo. Los indígenas llamaban a la planta "manioca" que quiere decir casa de Mani.

Nguillatún: Ceremonia mapuche para hacer rogativas: pedir lluvias, buen tiempo o cesación de plagas agrícolas.

Orla: Orilla de paños, telas, vestidos u otras cosas con algún adorno que las distingue.

Ocote: Especie de pino, cuya madera sirve para hacer fuego rápidamente.

Panteón: Templo dedicado a todos los dioses; se utiliza para designar al conjunto de los dioses venerados por un pueblo o nación.

Pedernal: Cuarzo, piedra.

Pinole: Harina o polvo de maíz tostado que se bebe batido con agua.

Paují: Ave grande, de plumaje negro, pico grande, con una especie de tubérculo redondo en la frente, casi del tamaño de su cabeza.

Quilineja: Planta chilena cuyas raíces suelen utilizarse para confeccionar escobas, canastos y otros tejidos.

Recua: Conjunto de animales de carga.

Sebucán: Especie de cedazo tejido con fibra vegetal.

Teponaxtles: Tambores que acompañaban los cantos y danzas de los antiguos mexicanos.

Tilma: Manta de algodón que suele llevarse al hombro.

Tlacuilo: Escriba o pintor. El que tenía por profesión pintar lo jeroglíficos. Forma de escritura de los antiguos habitantes de México.

Tapara (rita): Pequeña olla hecha del fruto del taparo, seco y ahuecado.

Tlacuache: Nombre que se le da en México a un marsupial muy común, que es el terror de los gallineros. Es de color amarillo y huele mal.

Toqui: Jefe de un distrito dividido según sus ritos religiosos.

Tapesco: Cama tosca de madera colocada sobre cuatro palos.

Toboba: Especie de víbora.

Urucu: Sustancia tintórea, achiote, urucú.